夢の途中

やまもとさいみ詩集
Saimi Yamamoto

土曜美術社出版販売

詩集　夢の途中＊目次

I

Ⅱ

Ⅲ

詩集　夢の途中

I

夢の途中

気がつけばいつも
わたしは彷徨っている

探し物をしていて
探し物が見つからなくて

そのうち
自分がどこにいるかも分からず

歩いても歩いても
どこにも行き着かなくて

とても焦っていて
頭の整理がつかなくて

途方に暮れているのだ

わたしはきっとまだ
夢の途中

夜のキリン

深夜に浮かぶ
キリンが一頭

その長い首を動かしもせず
高層ビルのてっぺんに立ち
遥か遠く
海の向こうを眺めている

白々と夜が明ければ

獣はたちまちクレーンに変身し
レバーひとつで
その長い首をせっせと動かし
人間の指令通りに動くのだろう

日が暮れて
人が去り
賑やかだった街の灯りが消える頃
物憂げな後ろ姿が
また現れる

孤独な獣
夜のキリンよ

じっと見つめる
その夜の海の向こうに
何が見えているのか

ひととき

波よ
夢に打ち寄せる波よ

沈み込んでゆく躰とは反対に
浮かび上がってくるわたしがいる

飲み込まれてゆく躰は
もういうことをきかない
失われそうなわたしは
せめておまえに躰を預けて

ひととき　仮の姿を得よう

あの日　さよならを告げられなかったあの岸へ
はげしく打ち寄せる波となって
ぶつかってははじけ
ほどけてはあわさるこの躰が
あの人の元へ届くよう

波よ
夢に打ち寄せる波よ

せめて
ひととき

くちびる

他の女にキスしたくちびるのまま
会いに来る
彼

他の男を想いながら
彼のくちびるを欲しがる
私

彼は戻ってくるたび私を責める

お前だけを愛しているのにと
他の男に電話をかけさせては
会話のよこで　あちこちくちづけをする
くちびるは　いつも　嘘つき

言葉を食む

言葉を食む
頭を垂れて　緑に光る草原の草を食むように

地平線の彼方
言葉の海はどこまでも続いていて

時々　消化不良で病むこともある
時々　山の頂で跳ね回ることもある
時々　湿り気を帯びたやわらかな叢の上に

そっと身体を横たえ　恍惚の夢を見ることもある

自由に言葉を食み　自由に旅をする
どこへでもいく
あてどなく　旅をして
川面が風の行方を象るように
言葉を食む

旅の朝

旅先の
静かな湖に躰を沈めた

朝日が
雲間から黄金の矢を射るように
湖底のわたしを照らす
足元の砂からは　小さな鍵

ああ

こんなところにあったのね
眠っているわたしを起こす
眩しい光
わたしと言う名の檻を開ける
小さな鍵

詩集のように

白い枕がふたつ
横長の詩集を広げたように
整然と並んでいる

昨日まではひとつだった枕
今日はふたつ

明日の朝にはそれぞれ
枕にくぼみがあって

えくぼみたいに見えるかもしれないけれど
今は詩集のように
ピンと背筋が伸びた枕がふたつ
緊張ぎみに並んでいる

標本

この身を溶かし　どろどろになって
あなたと二色の液体のように混じり合いたい
それでも足りないから
この身を焼いて　残った骨を砕いて
あなたと骨壺の中でさらさらと交ざり合いたい
それでも足りないから
何十億年とこの身を退化させて
たった一個の細胞になって
たった一個の細胞になったあなたと合体して

決して細胞分裂しない原生動物になりたい
そして実験室の標本として
二枚のガラスにぴったりと挟まれ
永久保存というラベルを貼られ
二人の結合を永久に見られていたい

駅

ここに来れば
時を越えて　あなたに会える
そう思って　立ち寄ったのだけれど
ここに　あなたがいるはずもなく

それでも
駅の古い木製ベンチに腰をかけ
塗装の剝がれた天井を見上げれば
到着したばかりの電車の中から

今にもあなたが降りてきそうな気がして
いつまでも
いつまでも
次の電車を待ち続けてしまう

街が変わり
行き交う人も変わり
私自身も変わってしまったのに
ときどき
何も変わらないあなたに
会いたくて

今日もまた
駅の古いベンチに　腰かける

ある朝、庭で

幸せすぎたので
何かを手放さなくてはならなかった
愛されすぎたので
誰かを手放さなくてはならなかった
眩しい朝の光に眩暈がして
私は大切な人を手放した

自分が自分であるために
胸いっぱいに空気を吸ったら
涙が出た

青々と広がる芝生の庭で
自分が歩き始めた瞬間だった

わたしとあなた

自分が自分であるために
譲れない性質
水と氷のように

脈々と進化を遂げて
それぞれの道
それぞれが今
ここにいる

互いを失わないように
ぎりぎりの温度で
愛し合う

沼に咲く花

あの日
緊張にふるえるあなたの指先が
おそるおそる私の肌をおりてゆき
わたしの内なる臓器へ達した時
あぁ、
あなたは思わず大きな吐息を漏らした
ようやくたどり着いた
そんな安堵のようなため息だった
やがて静かな嵐が耳元を掠めると

あなたは沼に潜む巨大な生き物のように
わたしを深い闇へと導いていった
その日から
わたしはあなたの胸の中で
毒を孕む慰撫にすべてをゆだね
交わりの深さに溺れていった
そして
闇ばかりの夢を見るようになった

沼に射す陽光は
瞬く間に影となり

きみらは　いったい
いつ　咲くのか？

日常のしゃれこうべが
カタカタと骨を鳴らして
一瞬の光にまどろむわたしたちを
嘲笑う

キンモクセイ

匂いたつ
あなたの声を聞いて
一斉に開花する
キンモクセイ

はずかしいくらいに
隠しようもないくらいに
匂いたつ

Ⅱ

ニコレッタの詩

ニコレッタはチャウシェスクがきらい
厳寒の冬　暖房なしで暮らさねばならなかった日々を
今でも思い出すから
布団をたくさんかぶって寝るしかなかった鬱々とした日々を

ニコレッタは明るい
口癖は「私たちは自由だ」「私たちは幸せだ」
陽気に「ノロック（乾杯）」と叫び
アルコール度数五十のパリンカをショットグラスで一気にあおる

ルーマニアの夜は静かだけどにぎやか
昔のこと　今のこと　家庭のこと　仕事のこと
自慢の赤ワインを飲みながら
解放されたニコレッタはしゃべるしゃべるしゃべる
私はたくさんたくさんたくさん話を聞く

さあ、眠ろう
明日はブカレストから北へ八時間ほど車を走らせる
「私の妹よ」
そう言ってニコレッタは私をぎゅうっと抱きしめ
「私たちは自由よ」
と笑った

死の展示

透明なショーケースいっぱいに
高く積み上げられた　無数の頭蓋骨
幾重にも重なり合う
白骨化した顔、顔、顔
苦痛に歪んだ顔なのか
恐怖におののく顔なのか
しゃれこうべの眼孔の奥から
きっぱりと突き付けられたのは
死者たちの沈黙

静かに展示された死
静かに展示された叫び

レプリカではない
本物の
死の展示

ここはカンボジア
世界遺産アンコールワットのある町の
かつては処刑場だった「キリングフィールド」
今では誰でも立ち寄れる街中の公園
のような寺院が建てられている

確かに見える虐殺の
確かに見えるその時代の
確かに見える展示物の
風化させてはならないのだという
強烈なメッセージが

カンボジアには百を超すキリングフィールドがある

湖底 Ⅱ

湖底にもぐってきたのは
旧い友人のような一頭の鯨

暗くて冷たい
この世の淵のような水海に
大きな波が静かに生まれた

湖底に沈んだまま
ビクともしなかった一台の事故車
鯨がそばに近づくと

振った尾びれの水圧で
車体はゆっくり傾き
体をふわりと浮かせた

ゆらゆら　ゆらゆらと
車体は湖底を離れ
光る鯨の泳ぎに合わせて
みずうみを漂う

ゆらゆら　ゆらゆら
ここは海　わたしは鯨

あなたの重さが時空を超えて
わたしのうみに　波を生む

せんたくもののようにそれは

せんたくもののようにそれは
洗って干される
めったに手に入らない貴重な避妊具
その国の家庭では
ごく、あたりまえのように

一個しかないそれは
何度も使われ
何度も洗われ

小さな穴もある

男たちは当然の顔でそれを使い
女たちは神に祈りながら
それを熱湯で洗い流す
洗いながら
過去の手術台を思い浮かべている

ラッキーボート

七歳の娘にせがまれ
春休みに原爆ドームを訪れた

原爆ドームの真ん前に
《ラッキーボート》があった
リバークルーズなのだそうだ
ティークルーズもあるそうで

ラッキーってどういう意味？

無邪気な娘がわたしの顔をのぞき込む
それも知らないの？　と答えをはぐらかした
喉まで出かかったラッキーの意味

広島からの帰路
わたしは自動車道を走りながら
数日前の高知新聞で読んだ
「海外の話題」を思い出していた

ポーランドのアウシュビッツ強制収容所の跡地近くに、ショッピングセンターを建設する予定だった貿易会社が、ユダヤ人団体やイスラエルの猛反発を受け、ポーランド大統領もこの虐殺便乗商法に非難の声明を発表し、結局計画は撤回された、というものだった。

車のスピードを上げ
わたしは自動車道を走り続けた
《ラッキーボート》の文字から逃れられないままに

あなたの重さ

あなたの重さを思うとき
わたしは
湖底に眠る一台の事故車を
思い浮かべる
深い湖底で
今も息づく一台の車を

あの日
カーブを曲がり切れなかったあなたの車は

わたしの中へまっすぐ飛び込み
時間をかけて沈んでいった

比重の重い存在は
決して湖面に浮かんではこない
時間の流れない湖の底で
未来をトランクに積んだまま
静かにそこで眠る

あれから二十五年
どうやっても引き上げられない
一台の車

あなたの重さを思うとき
わたしは
湖底に眠る一台の事故車を
思い浮かべる

テイスティ　サンドウィッチズ

通訳の仕事をしていた頃
アメリカ人のエンジニアたちは
わたしをサンドウィッチズと呼んでいた
アメリカ企業と日本企業の言い分に
いつも挟まれていたから

サンドウィッチズと呼ぶ響きには
挟まれた者に対する憐みのような
気の毒な気持ちが含まれていた

だからわたしはニッコリ笑い
いいえ　わたしはただのサンドウィッチズではないの
テイスティ　サンドウィッチズ
美味しいサンドウィッチなのよ
と誇らしく言った
彼らはその響きが気に入ったようで
親指を立て　素敵なニックネームと褒めてくれた

そう　いつだって自分が選んだ道は
美味しいサンドウィッチのようでありたい

吹雪く夜には

思いがけず高知に雪が降り積もった夜
わたしは氷のように冷たいハンドルを握りしめ
宴会でできあがっているだろう夫を迎えに
車をゆっくりと走らせていた
ワイパーで散らしても散らしても
雪はフロントガラスめがけて迫ってくる
まるで雪国のようないつもの道

ふと　若い一組の男女が

視界の悪い吹雪のむこうがわで
楽しそうに微笑み合っている

スキー仲間が眠りにつく頃
とつぜん長野・白馬まで会いに来たあのひとを見て
わたしは一目散に駆け寄った
旅館のスリッパもはいたまま
気づいたら雪の中へ飛び出していた
あのひとは笑いながら
転びそうなわたしのからだを抱きかかえ
真っ赤な車に乗せると
冷たくなったわたしの頬にくちびるを寄せた

慣れた手つきで雪道を運転するあのひとに

「どこへ行くの」と尋ねたら
「にいがた」と答えた

到着したのは新潟ではなかったけれど
うまれたばかりの雪の上に
一本の棒きれでふたりの名前をつづった
「この雪じゃすぐに消えちまうよ」
「いいの、わたしが一生忘れないから」

するとあのひとはニヤリと笑い
わたしを道連れに　深い雪の中に倒れ込んだ
「冷てえ」とあのひとは叫んだけれど
わたしたちはそのまま雪に埋まっていた
このまま埋もれていたかった

まあたらしい雪の中で
永遠にそばにいられるのなら
死んでもかまわなかった
いっそ死んでしまいたかった
手をつないだまま
永遠にふたりで埋もれていたかった
けれどあのひとはわたしをあたたかな宿へ送り
夜明け前　赤い車で帰っていった

「寒いのに悪いな」
ほんのり酔った夫が車に乗り込んでくると
雪はやがてちらつく程度になり
若い男女はもうどこにも見当たらなかった

いつのまにかわたしは大人になってしまい
現れたあの人は二十二歳のまんま
いまでも
永遠に戻れないあの時間あの場所へ
吹雪く夜にやってくる

Ⅲ

哀しい夕暮れ

仕事を終えて　帰途に着く
疲れ果てて　歩く
オレンジ色の　冬の落日に
涙が出る
世界はこんなにも美しいのに
中桐雅夫の詩をつぶやく

会社にはいるまでは小さい理想もあったのに

かつての同僚からメールの返信が届く
メッセージをクリックすると
昔流行った缶コーヒーのＣＭ曲が
賑やかに流れる
明日があるさ♪　明日がある♪[*]

五十三歳・正社員・女
明日はあるのだろうか

夕焼けに浮かぶ
枯れ木のシルエット

世界はこんなにも美しいのに
なんて哀しい夕暮れ

＊「明日があるさ」作詞：青島幸男。

小さなネズミの死

小さなネズミの頭と内臓が庭先にあった

猫だろうかと母は言った
最近出没する狸かもと夫は言った
気持ち悪いと私は言った

家族が山に棲む獣の名前を挙げているうちに
私は心の中でずっと考えていた
もしかしたら

死んだネズミの母親かもしれない
言うことをきかない子だからと

あるいはネズミの友達かもしれない
集団で一匹を攻撃したとか

あるいは群れの長かもしれない
何かの見せしめに頭だけ残したとか

家族の話題はすでに他に移り
私は受講したばかりの
人事考課者セミナーを思い出していた
ヤクザの世界にも人事考課制度はあるんですか?

と同僚の言った冗談などを

あの小さなネズミは
誰かの成れの果てかもしれない
打たれた杭の残骸
あるいは不正を強いられた部下の姿

などと考えているうちに
ネズミの死骸のあった庭の一角は
きれいに片づけられ元通りになっていた

交差点の高校生へ エールを贈る

三月第三土曜日の夕暮れ時
自転車に乗って
信号待ちをしている高校生らしき少年
どこか不機嫌そうに交差点に立っている

これから学習塾にでも行くのか
行きたくねえな
そんなつぶやきが聞こえてきそうな表情

先輩に理不尽な言い掛かりをつけられたのか
好きな子が他の男子と街ブラしているのを見かけたのか
あるいは母親に口やかましく言われ
いたたまれなくなって外へ出てきたのか
自分の思い通りにならない出来事に
どこか腹を立てているような面持ち

人生これからという少年の不機嫌そうな表情に
なぜだろう
心は風にはためく白いタオルのように
ハタハタと揺れ動いて
前を横断する彼に向かってつい発した一言
ガンバレ少年！

少年は気づきもせずに通り過ぎたが
わずか数十秒の他生の縁
人生の先輩として
いや、過去の自分を
重ね合わせただけなのかもしれないが
自転車で走り去る少年に
ささやかなエールを贈った

新聞紙の行方

国道で信号待ちをしていると
スピードをあげて走り去ったトラックから
ふわりと一枚の新聞紙が宙に舞った
交差点の真ん中に着地した彼は
行き交う車のタイヤに
ぐしゃり　ぐしゃりと踏み潰された

いつの新聞だろうか
昨日かもしれない

半年前かもしれない
一度は誰かの手元で
世界の最新情報を誇らしげに伝えただろう彼
でも活躍した日の夜には古新聞
ゴミ同然に扱われ
段ボールの隙間を埋める緩衝材として
トラックに載せられたのだろう
このまま轢かれ続け
道路のゴミとなるのだろうか

ブオンと最後に通過した車の風圧で
風に弄ばれながら道路を転がり続けた彼は
やがて交差点左角の畑で腰を曲げ
ネギを抜いている老農夫の元へ飛んでいった

信号が青に変わったけれど
どうしても彼の行方が知りたくて
できるかぎりゆっくり左折するわたし

目の前に　突然舞い降りた新聞紙
ひと束のネギを抱えた老農夫は
ひらめいたように新聞紙を広げると
ネギをどさりとその上に置いて
くるくるっと手品のように包んで持ち去った

ハンドルを握るわたしの手は一瞬
蝶のようにはためいてから
不況に揺れる職場へと車を走らせた

ニロギ*の夜

銀色に光る
ニロギの丸干しを
網の上で炙る
かなりの弱火で
ゆっくりじっくり

母と娘の二人で
熱燗をやりながら
まだかね

まだやね
三杯酢がえいね
らっきょう酢が楽よね
ほら焦がさんと
これ焼けたぞね

外は満月
ニロギは網の上で
いい具合に焼けている

箸でつまみ上げると
月も
ニロギを載せる
皿に見え

女二人
それぞれが
銀色のニロギを
ひっくり返す

去っていった
甘酸(かんさん)とともに

＊　ニロギ――体長二～三センチの銀色の平らな小魚。高知では特産の一つ。

手の記憶

冬至の夜　ユズ湯に浸かりながら
広げた手のひらをじっと見つめる
指と指の間の　逆三角形のすきまに
かつて存在した水かきのことを思い浮かべた

胎児の成長過程は　ヒトの進化の過程を辿るという
羊水に浮かぶ赤ん坊の私の手にも
かつて人間が魚であったという証の
薄膜の水かきがあったに違いない

私はほのかにユズの匂い立つ羊水の中で
指先をくねくねと動かして水を掻いてみる
私の手はたちまち魚のヒレとなって
水中を自由に泳ぎまわる

やがて魚は上陸を目指し
ヒレは進化した水かきへと変貌を遂げる
その水かきもまた　進化によってその形状を失っていく

ユズ湯を脱し
高く掲げた私の両手にはすでに水かきがなく
十指の鋭敏な器官を手に入れていた
私は浴槽に浮かぶ一個のユズを　五本の指でしっかりつかむと

黄色い球体の表面を　ひとさし指でやさしく撫でた

ひとさし指の記憶
寝返りを打ち　ふと触れた指先には
青い月に照らされた男の裸体
あたたかく　滑らかな胸元

細胞の記憶だろうか
人の手から消滅した水かきを
今もからだが記憶しているように
私の指先もまた
幻ではない　かつて存在したあの肌に
今も触れ続けている
ユズをつかむこの手が　記憶している

わたしの卒業式

忘れられない場面があるとしたら
卒業式のキャンパス風景
またね　と手を振ったわたしの瞳に
ぽつんと佇む彼の姿
大学のシンボル　橘の樹の下で
彼は首を少しだけ左に傾け
寂しそうに手を振っていた

その二時間前

着物の袖の下を潜った彼の手は
わたしの乳房を手のひらに含み
母親もすぐ後ろに来ているという卒業式会場で
学長の話にうっすらいびきをかいたりなんかして

それから一時間ばかり無言のまま
大学付近をやたらと歩き回って
ここでキスもしたね
コーヒーも飲んだね
けんかもしたね
なんて　お互い確認なんかしなかったけれど
心の中でそっと
思い出の場所に別れを告げたりなんかして

そして出会いの場所　橘の樹の下で
二人の写真　たったの一枚写してもらって

それじゃあ　ってわたしが言うと
海を見に行こう　だなんて突然
わたしの手を引いた彼
しばらく会えないだろ　って何度も引き留められたのに
ナーニイッテンノ　またすぐ会えるでしょ　ってわたし
彼の腕をするりとぬけて
わたしを待ってる
輝く未来に駆けていった

卒業式の写真を送っても

あのサングラス返してよと催促しても
彼からの手紙は一つもなしで
彼のふて腐れた顔が
おかしいくらい目に浮かんでいたのに

約束の
黄金連休初日
夜明けに鳴り響いた電話で
準備していたお土産も忘れ
わたしは予定よりも早く
彼の郷里へ飛んで行った

家族連れで賑わうホームの人混みをかき分け
地元タクシーの運転手に住所だけ言うと

山村の細いカーブに揺られながら
遠いところを――と丁寧な彼の母親に迎えられて
約束どおり　会いに来たというのに

目前の
二人で撮った最後の写真
せっかく二人で写した写真なのに
そこでは
彼だけがひとりぼっちでほほ笑んでいて
わたしの姿はどこにもなくて
彼だけが　ぽつんと
黒枠の中
寂しそうに　ほほ笑んでいて

忘れられない場面があるとしたら
卒業式で見た彼の最後の姿
東京で一番きれいな夜景を見せてやるから
と言った彼の手を振り切って
わたしは輝く未来に駆けていった

振り向くと
彼は橘の樹の下
いつものように首をちょっと左に傾け
わたしの後ろ姿に
いつまでも
いつまでも
手を振り続けていたというのに
わたしときたら

またね　っていつもの言葉で
永遠の別れ

生まれる音

春の陽気につい仕事を忘れ
空を仰いで　ツバメを追って
ふらふらと　社屋の裏までやってきたら
やや湿り気を帯びた
水泡がはじけるような
パンッ　でもなく
パチッ　でもなく
カチッ　でもなく
ピシッ　でもない音が

乱れ茂る雑草から
合唱のように聞こえてくる

ポ　ポポポポポ　ポ
目を凝らして
耳を澄まして
フェンス越しの草むらに
その正体を探るのだけれど
何かが変わる様子も
動いている様子もない
ただ　小さな音が聞こえるだけ

ポ　ポポポポポ　ポ
芽吹きの音？

風のいたずら？
いや　何かが生まれている
何が？　わからない
でも目に見えない何かが
いま生まれようとしている

ふと心の中で
いのちの音　と呟いた
するともう一人のわたしが
生まれる音　と囁いた
生まれる音？　いいじゃない
生まれる音　にしよう

大雪の夜

東京で
その年一番の大雪が降った夜
私は独り　白い個室で
解雇通知書を作成していた
ふと窓の外を落ちていく白いものが
ぼたん雪だと気づいたときは
いつも見上げる東京タワーも
すでに眠りについていた

自分の名前を打ち込んだ書類を最後に出力し
二十六名分の　うすっぺらい用紙の束を
トントンと揃えて　封筒に入れ
糊付けして　封印して　社長の机の引き出しに仕舞った

「東京で見る雪はこれが最後ねと」*
昔の流行歌を口ずさみながら
雪に濡れそぼったパンプスで
つかまらないタクシーを求めて
冷たさの滲みる暗い幹線道路を
どこまでも走った

深夜二時にもなると
コンビニのおでんは数が少なくなり

大好きなタマゴも売り切れていた
タマゴがないというだけで
思わず　泣いてしまった
平成二十二年二月二日午前二時のこと
だから私はこれを（二・二・二・二・二事件）とノートに記した

朝になると
雪はすっかり溶けていて
街路樹の日陰にわずか残骸をみるだけ
振り返れば
大雪だってそんなもの

あと五日
あと五日　私は嘘をつく

倒産まで素知らぬ顔で
だから今日も明るい私でいられますようにと
東京タワーに向かって
ひとり祈る

＊「なごり雪」作詞・伊勢正三。

日常

心が乾いていく
平穏な日々のやわらかさに
コタツの中でぬくぬくと惰眠をむさぼる日常に

かつては　まっさかさまに落ちていったはず
気を失いそうになりながら
大事な何かを求めていた　はず

そうやって手に入れたはずの人生が

いつのまにか
こうしてぬくもりを帯びてくる

美しいものは心地悪くて
おろしたての白いスニーカーを
土になすりつけてしまうわたしの癖

落ちてみたい
もう一度
あの不安で孤独な苦しい日々に
そうすれば少しは
人間らしく生きられるだろうか

最後になるかもしれない夜を

最後になるかもしれない夜を
あなたはわたしと過ごそうとしていたけれど
最後になるかもしれない夜とは思いもせずに
わたしが「またね」って断ってしまったから
寂しそうなあなたのうつむき加減の顔が
今もここにある

最後になるかもしれない夜を
もう一度やり直せるとは思っていないけれど

時々あの日に戻ろうとする自分がひょっこり現れて
もう一度やり直そうと繰り返し考えてしまうのだけれど
今も答えは見つからない
正解と思える　最後の言葉

お届け物

私宛てのものではないのに
不意に受け取ったお届け物

箱があるわけではない
ハンコを押す必要もない
形も見えないお届け物
受け取った場所は
素人ばかりのコントラバス*発表会

そのひとは
自分よりも大きな楽器を
愛する人のように抱きしめて
哀しげに身体を揺らし
やさしく
そして泣き叫ぶように
弾いたのだった

伝えたい
伝えたい
こんなにもあなたを愛していたと
まばらな観客の一人にすぎない私のもとへ
その人の心は音楽となって
届けられたのだ

突然のお届け物
涙を落としていったお届け物
天国の
愛する人のもとにも
きっと届いたことだろう

＊　コントラバス―ヴァイオリンの形をした二メートル程の楽器で、
楽器の中では一番低い音　を出す。

記憶

ベランダに雪が降る
降っては消え　降っては消え
やがて　ぱったりと雪が止む
あんなに降った雪なのに
ほとんどは痕跡も残さずに消え
いくらかはわずかなシミを残すだけ
ひょっとして
人を愛した記憶も
やがては消えてしまうのだろうか

春先に降った雪のように

愛した記憶を　つないで埋める
ジグソーパズルのように
交わした言葉　その夜の湿度
うなじの匂い　摑んだ髪の手の感触
窓から見える古い電灯　それに群がる蛾の数まで
二人で過ごした確かな時間を
ひとつ漏らさず　埋めようとするけれど
すべては埋まらない
あちらこちらでこぼれ落ちていく記憶のピース
それらは一体
どこへ消えていくのだろう

愛した記憶を　忘れてしまわないよう
わたしが何度も反芻したために
今となっては　それが記憶なのか
わたしが作り出した小説なのか
彼のいない今では確かめる術もない
少しずつ
少しずつ
曖昧に歪められて
歪んだわたしの記憶だけがこの世に残り
時間の経過を待っている
なんの形も成さないままに

それにしても
彼の記憶は　どこへいってしまったのだろう

赤い土に埋もれて　眠っているのだろうか
永遠に
永遠に
永遠に
ベランダに消えた雪のように

あとがき

詩を必要としない人は幸せかもしれない
詩がそばにある人は豊かかもしれない

私の中には今もなお、十四歳の自分が学校の図書室の片隅で、一冊の詩集に手を伸ばしているイメージが頭にあります。それは当時、「人はなぜ生きなければならないのか」という迷路のような空間をぐるぐると彷徨っていたことが、心の原風景にあるからでしょうか。

ぽっかりと口を開けた空洞を埋めてきたものは、私に寄り添ってくれた言葉たちだったのか。実際のところはわかりませんが、「どうせいつかは死ぬのだから、とりあえず死ぬまで生きてみよう」という単純な頭の切り替えによって、私はその迷路を抜け出しました。でも現実世界で生きる喜びを味わいながらも、別のところでは生に対する漠然とした寂寥感や、人を愛するという形のないことに対する哀しみを感じながら、あの十四歳の自分の投げかけた質問についてずっと考え続けているように思います。

今まで、誰かの書いた詩を読んで、衝撃にも似た感動をうけたことがあります。その表現の豊かさに心を奪われました。そしてその豊かさに触れることが、生きていく力になることを知りました。誰かの創作した詩や物語、奏でる音楽や絵画から生じたぬくもりや感動は、私たちが生きる上でとても大切な「何か」を分け与えてくれるようです。

また、日々触れるヒトや自然の営みの不思議さに驚き、感動し、それを共有し、共鳴・共振したと感じるたびに、心が、人生が豊かになっていく気がするのです。
生きるのに精いっぱいだった自分を救うために書いてきた詩ですが、できることなら、自分を支えるだけでなく、誰かの心にも留まる、温もりのある詩を目指して、自由な言葉の旅を続けていけたらと思います。

本書に収めた三十四編の詩は、一九九四年以降に同人誌「ONL」「兆」、また『高知詩の会合同詩集』「詩人と版画家のコラボレーション展」において発表してきた作品から選び、そのいくつかは手を加えて修正したものです。詩作を始めたばかりの頃の詩で、掲載すべきか最後まで悩んだ作品も数編ありますが、初めての詩集だからこそ、今しか掲載できないだろうと思い、敢えて掲載することにいたしました。

最後になりましたが、初めての詩集で何もわからない私を出版まで導いて下さった高木祐子様には、親身にご対応いただいたことを心より御礼申し上げます。
また、三十年近くも私の文学活動を広い心で理解してくれた家族に、そして長年にわたり励まし続けて下さった高知文学学校の今は亡き先生方、詩集出版を後押ししてくださった詩の先生とも呼ぶべき仲間や先輩方に、この場をお借りして心からの感謝の気持ちを伝えたいと思います。本当にありがとうございました。

二〇二〇年七月

やまもとさいみ

■初出一覧

Ⅰ

夢の途中	「兆」181号　2019年2月
夜のキリン	「兆」183号　2019年8月
ひととき	「兆」185号　2020年2月
くちびる	『高知詩の会合同詩集2014』　2014年10月
言葉を食む	「兆」175号　2017年8月
旅の朝	「兆」184号　2019年10月
詩集のように	「兆」185号　2020年2月
標本	「ONL」34号　1997年11月「恋文」改題
駅	初出不明　2008年6月
ある朝、庭で	「兆」174号　2017年5月
わたしとあなた	「兆」184号　2019年10月
沼に咲く花	「第3回　詩人と版画家のコラボレーション展」　2010年6月
キンモクセイ	「ONL」103号　2009年6月

Ⅱ

ニコレッタの詩	「兆」176号　2017年11月
死の展示	「兆」179号　2018年8月
湖底Ⅱ	「第8回　詩人と版画家のコラボレーション展」　2016年4月
せんたくもののようにそれは	「ONL」17号　1995年1月
ラッキーボート	「ONL」25号　1996年5月
あなたの重さ	「第4回　詩人と版画家のコラボレーション展」　2011年7月
テイスティ　サンドウィッチズ	「兆」179号　2018年8月
吹雪く夜には	「ONL」59号　2002年1月

Ⅲ

哀しい夕暮れ	「兆」181号　2019年2月
小さなネズミの死	「兆」178号　2018年5月
交差点の高校生へエールを贈る	「兆」182号　2019年5月
新聞紙の行方	「ONL」81号　2005年9月
ニロギの夜	「兆」183号　2019年8月
手の記憶	「ONL」95号　2008年1月
わたしの卒業式	「ONL」29号　1997年1月
生まれる音	「ONL」94号　2007年1月
大雪の夜	「ONL」109号　2010年7月
日常	「ONL」102号　2009年4月
最後になるかもしれない夜を	「兆」179号　2018年8月
お届け物	「ONL」82号　2005年11月
記憶	「ONL」24号　1996年3月

著者略歴
やまもとさいみ

1965年生まれ
「兆」同人、高知ペンクラブ会員、高知詩の会会員

現住所　〒781-5453　高知県香南市香我美町山北757-10

詩集　夢(ゆめ)の途中(とちゅう)

発　行　二〇二〇年九月十日

著　者　やまもとさいみ
装　丁　森本良成
発行者　高木祐子
発行所　土曜美術社出版販売
〒162-0813　東京都新宿区東五軒町三―一〇
電　話　〇三―五二二九―〇七三〇
FAX　〇三―五二二九―〇七三二
振　替　〇〇一六〇―九―七五六九〇九
印刷・製本　モリモト印刷
ISBN978-4-8120-2578-9　C0092